KB116196

두근두근 우체국

책 만 드 는 집
시인선 217

두근두근
우체국

이 소 영 시집

책만드는집

무언가를

기다리며 설렐 때

두근반 세근반

합이 여섯근인데

내 시집은 두근두근

합이 네근밖에 안 되네

부족한 두근은 누가 채워줄까

그것이 궁금하다.

2023년 봄
이소영

| 차례 |

2부 그럼에도 불구하고

3부   모름지기

4부　아무튼

1부

비로소

룰루비데

아주 열심히 아주 깨끗하게
사람도 색깔도 농도도 가리지 않고
학문을 닦는 마음으로
밤낮으로 언제나

시집詩集살이

감칠맛 부족하다니 갖은양념 넣고
때깔이 안 좋다니 광택제 뿌리고
현실감 떨어진다니 땅 위에 발붙이고

너무 가볍다니 모래주머니도 차보고
한쪽으로 치우쳤다니 균형추를 매달고
오타와 숨바꼭질하다 술래 놓치기 일쑤

붙였다 떼었다 결국엔 돼지 꼬리 땡
수십 번 목차에서 넣고 빼고 생고생했네
시집아
나오기만 해봐라
그때부턴 네가 시집살이다

호호식당 아줌마가 기가 막혀

열받을 때마다 그 열불로 밥을 짓고
내 속 끓일 때면 북엇국을 끓여냈는데

나 없인 못 살겠다더니
나 땜에 못 살겠다네

연애대학 결혼학과

어릴 땐 자전거 킥보드도 잘 타고
용돈 탈 때 엄마랑 밀당도 잘하더니
커서는 남들 다 타는 썸 한번 못 타나

동창회 동호회 뻔질나게 나가서
우정이다 의리다 골백번 외쳐봐도
연대가 연애로 읽히는 순간 저지르는 거야

화성에서 온 남자랑 금성 여자도 하듯이
거창한 꿈을 갖고 하는 게 아니란다
결혼은 돌부리에 걸려 넘어지듯 하는 거야

신체포기각서

대출받은 사랑을 기한 내 변제하지 못해
계약서에 사인한 대로 오늘 이 시각부터
신체의 모든 권리를 당신에게 양도합니다

남은 기간 두 눈은 당신만을 바라보고
양손은 언제나 당신 손만 잡을 것이며
심장은 늘 당신만을 향해 뛸 것을 약속합니다

만만에 콩떡

애교 많은 며느리 평생 함께 살 거라고
듬직한 우리 사위 열 아들 안 부럽다고
우리 앤 시월드가 뭔지도 모른다고 하더니

시어미를 늙은 여우라니 화들짝 놀라 제금내고
딸내미 멍든 얼굴 보니 무자식이 상팔자인 듯
애한테 가화만사성 물으니 중국집 이름이라네

별거, 별 거 아니네요

아껴 신던 구두를 몰래 버린 어머니에게
당장 가서 찾아오라며 불호령을 내려도
눈 하나 깜짝하지 않자 집을 나간 아버지

(어머니) 노인 냄새 안 나니 얼마나 좋은지 몰라
(아버지) 잔소리 안 듣고 여기가 천국이다, 천국
(아들) 아버지, 힘들어 죽겠으니 얼른 집으로 가세요

(어머니) 옜다 이거, 그 양반 김치 있어야 밥 드시잖니
(아버지) 네 엄마 관절약 초록홍합 좀 사다 줘라
(아들) 이런 걸 별거라 하나요?
　　　　나도 한번 해볼까

중년의 법칙

기억력 사라진 자리 건망증 채워지고
빠지는 머리숱만큼 지혜가 자라난다
세월이 가르쳐주는
질량불변의 법칙

봉긋하던 쌍봉은 쭈글쭈글 처지고
탱탱하던 뒤태도 조금씩 내려앉는다
샤워 후 몸에게 배우는
만유인력의 신비

낙지 권리장전

낮잠 자다 깨보면 큰이모 사라지고
삼촌은 기름 발린 채 몸부림치며 저항하고
초장을 뒤집어쓴 여동생은 손님에게 먹히고

뼈대 없는 집안에 태어난 것도 서러운데
약육강식은 비인간적이라 무시하는 그대들이
우리만 산 채로 잡아먹는 그 이유가 궁금해

데쳐 먹든 끓여 먹든 기본 예의는 있어야지
제발 우릴 산 채로 씹어 먹지는 말아줘
그대들 인권이 중요하다며
우리 낙권도 소중해

치킨전展

통닭은 왠지 모르게 아저씨가 생각나고
치킨 하고 말하면 전지현이 떠오른다며
꼭 붙어 치맥 즐기는 닭살 커플 두 남녀

반반을 시켰는데 잘못 가져온 알바생에게
닭대가리라 욕하며 날개 뜯는 남편보고
아내는 바람피우고 싶냐며 닭다리로 바꾼다

분홍빛 살결 뽐내는 치느님의 한 말씀
좋아할 땐 언제고 말할 때마다 무시하네
당신들,
우리에게는 계륵이야, 계륵!

3학년 4반 공개수업

교실은 반짝반짝, 가슴은 두근두근
엄마 왔나 뒤를 보니 동물원 같아요
밍크랑 족제비랑 여우랑
겨울 나들이 왔나 봐요

담쟁이덩굴

담을 어루만지며
사랑담談을 쌓는다

연애가 무르익으면 한층 붉어진 얼굴들이

오른다,
끌어안는 것만이 사랑이라고
담담하게

호텔 수필

#801호
몇 번씩 안을 수 있는 싱싱한 욕망에게
냉장고 안 비타500이 격려를 보낸다
첫사랑
첫경험이 연주하는
오르가슴 사운드트랙

#805호
말없이 살만 섞어도 사랑이라 믿는 당신
오늘도 몸의 지형학 열심히 탐구한다
그런데, 날 사랑하긴 한 거니?
도돌이표 찍는다

#프런트
몇 번의 터치와 삽입으로 열린 공간에서
육체의 점자들이 공들여 써 내려간
사랑은 몸으로 쓴 수필
신간 서적에 꽂힌다

한 끗 차이

박 일병 정시에 귀대 예정 총성!
호객님, 주문하신 상품이 도착했습니다
어머니, 항복하세요!
스마트한 웃음보

여보, 퇴근 후 사랑역에서 만나요
이제 보니 너랑 나랑 똑같은 모텔이네
지금 막 마음버스 탔어
다운로드한 행복 앱

Mr. 면봉!

다이소에서 천 원에 백 개나 살 수 있는데

귓속을 청소하다 눈 화장 수정하고, 코딱지 파주고 연고
나 발라주다 보잘것없이 생을 마치기 일쑤였는데 "걸렸
다" "안 걸렸다" 냉정하게 맞히니 아이들은 눈물 펑펑 어
른들은 움찔움찔 염라대왕으로 등극했으니 가문의 영광
이지

이제는 검사로 지친 그대도 PCR 검사 받아야죠?

레트로

러닝셔츠보다 난닝구에
브래지어보다 브라자에
자장면보다 짜장면에
요오드보다 빨간약에
좋아요!
누르고 싶다 아주 힘껏 흔쾌히

2부

그럼에도 불구하고

아니 벌써!

새마을운동 덕에 부지런한 어린이로
통행금지 덕에 조신한 어른으로
성장한 60년대생이 온다
국민교육헌장 줄줄 외우던

닉네임은 있어도 창씨개명은 안 했고
피서는 갔지만 피란 간 적은 없는
운 좋은 60년대생이 간다
국민연금 받으러

사람책

산나물 다듬는 할머니 까만 손톱을
박스를 싣고 가는 할아버지 굽은 등을
병상에 길게 뿌리내린 남자의 퀭한 눈빛을
택배 아저씨 잔등에 땀으로 그린 지도를
노숙자에게 국을 떠주는 자원봉사자 손길을
출근길 신호등이 된 모범 기사 수신호를
퀴어 축제에 나부끼는 무지개 깃발을
한껏 올라간 교복 치마와 마스카라를

읽는다,
자기 인생의 저자가 된 사람들

위너 나라, 루저 씨

위너의, 위너에 의한, 위너를 위한 나라에서

브런치 대신 김밥으로 때우고, 초콜릿 대신에 아카시아 껌을 씹고, 별다방 라떼 대신 믹스커피를 마시고, 좋아하는 사람보다 만나야 할 사람이, 보고 싶은 책보다 봐야 할 서류들이, 해보고 싶은 일보다 해야 할 일이 더 많기에, 가고 싶은 여행은 여행기로 대신하고, 연애에 연연해도 늘 숙제로 남지만

최소한 나에 대한 예의를 지키며 산다, 오늘도

혼술혼밥족

두려움 부끄러움 어색함이 익숙해질 때
눈치도 속도도 맞장구도 사라질 때
이어폰 식구 삼아서 호젓하게 먹는다

'나'라는 대명사 '혼자'라는 명사로
나와 함께하듯 고독과 함께할 때
꿋꿋한 생존 선택지로 씩씩하게 마신다

모둠물회

제주산 찰광어
노르웨이산 연어
통영산 꽃멍게
완도산 활전복에
원산지 다른 야채들이 어울린 물회

진주 이모님
뉴욕 시누이 내외
대구 아재와 아지매
조카들 모두 왔는데
이렇게 밥 한번 먹자던 아버님만 안 계시네

바다 향기 찰지게 뿜어내던 횟감들
지난 추억 새록새록 뽑아내던 우리들
그날의 공통분모는 그리움 한 접시였다

이등병 내 사랑

마음으로 천 리 본다는 아득한 그 말 두고

너 서 있던 연병장 떠나도 떠나지 못해

바다는
천치같이 자네
어미 가슴 너울 이는데

등 너머 걸음걸음 네 눈물 너무 환해

흔들리던 내 발길은 땅멀미였나 꽃멀미였나

맴 맴 맴
매미 울음이
맘, 맘, 맘으로
메어온
날

삼삼한 K-할머니가 보고 싶다

귀신 나오는 이야기를 귀신같이 잘하는
손주 용돈 궁할 때마다 쌈짓돈 꺼내주는
새끼가 먹는 걸 보면 세 끼 굶어도 끄떡없는

'명랑' 한 통이면 한 주가 명랑한
흥정과 덤 사이를 놀이하듯 즐기는
꽃무늬 몸뻬 빼입고 시장 패션 주름잡던

엄마의 엄마가 아닌 그냥 울할머니
보통명사 할머니 아닌 고유명사 울할머니
자신엔 인색했지만 남들에게는 넉넉했던

오수午睡

숲속 도서관 나무 그늘 이불 삼아
무릎을 맞대고 노부부 잠이 들었다
달달한
피곤기가 빚어낸
데칼코마니
♡

간월도

－수채화, 120×90cm, 2011

물을 버린 갯벌은 어제도 쓸쓸했을까
굴 따는 아낙네 무채색 옆모습이
젊은 날 붓을 내려놓은 아버지만 같았다

아버지의 천직이 가장만은 아니었기에
바위섬 따개비처럼 세월 첩첩 기어이
간월암 넘실 가둔 바다 노을 속에 잠긴다

복순 씨의 아카이브

한 남자한테 시집왔는데 여자가 여섯인 거야.

홀시어미에 시누이가 줄줄이 사탕이라 도시락 몇 개 싸고 빨래에 치이다 보면 하숙집 주인이 따로 없더라니까. 게다가 마늘 못 먹는 네 할미 덕에 마늘 들어간 놈 안 들어간 놈 구별하다 보면 반찬 가짓수로는 수라상 저리 가라였지. 남편이 효자면 며느리가 생고생한다더니 한술 더 떠 며느리 저녁 하느라 동동거리는데 시어미 분단장하고 아들 마중 나간단 말이지. 마누라 보듬지 못한 숙맥 같은 네 아빠나 묻지도 따지지도 않은 곰탱이 같은 나나 둘 다 헛똑똑이라 긴 세월 살았나 보다. 그래도 호마이카 밥상에서 재잘대던 너희 삼 남매가 내게는 박카스였어.

성북동 파란 대문집 두 번 다시 가기 싫어.

그랬더라면

힘들어 그 말에 위로를 얹었더라면
희망도 부패한다는 깨달음을 얻었더라면
사랑도 이사 갈 수 있다는 걸
조금 빨리 알았더라면

그 사람 이야기를 활자보다 더 믿었더라면
몸이 전하는 소리에 귀 기울였더라면
모든 걸 말하지 않고
비밀 하나 간직했더라면

마트에는 없는 긴 이름의 그랬더라면
누구나 한 번쯤은 먹어본 그랬더라면
늘어진 생활을 쫄깃하게 세워주던 그 라면

재테크

동창회 총무로 일조
사내 공모전 참가로 일조
동호회 회장으로 일조
중국어 마스터에 일조
책 읽는 아이 키우기에 일조
동아리 활동에 일조
신혼같이 살기에 일조
친정엄마 모시기에 일조
시댁 반찬 담당에 일조
청소년 상담 봉사에 일조

어느새 십조가 된 내 인생
가뿐하게 갑부 됐네

여행 레시피

두근두근 설렘 4근

궐련 같은 외로움 1T

생이 싱거워 치게 되는 소금 같은 방종 2T

상념에 젖은 고명 몇 조각과

한소끔 끓인 열정 1C

터미널 지날 때 뿌릴 지루함 200cc

비행기에 수감되는 알싸한 쾌감 1000ml

영혼의

스냅사진에

줌인이 될

추억 1Box

* T: Tablespoon의 약어.
 C: Cup의 약어.
 cc: Cubic Centimeter의 약어.
 ml: Milliliter의 약어.

포옹

이해가 오해를 꼬옥 껴안는다

그리움이 기다림을 부둥켜 안는다

가슴이 우표가 되는 두근두근 우체국

춘곤증

빛깔에
향기에
취하고 또 취하네
낮술에 취한 건지 봄멀미에 취한 건지

당신을 취하고 싶은 봄날
눈 감고 싶은 봄날

3030년 3월,
아직도 봄을 기억하는 당신에게

명랑하고 쾌활한 그대라면 트레비 분수로

낭만적인 그대라면 시인들의 정원으로

노동에 지친 그대라면 숲속 작은 음악회로

마음이 헝클어진 그대라면 미로 공원으로

오세요, 입력하세요, 만나고픈 그 봄날을

손끝에 그날 그 순간이 피어날 거예요 활짝

원, 圓, 願, Want

뽀족한 마음이 넷이면
사각형이지
모가 난 마음이 셋이면
삼각형이야
뽀족한 마음이 없으면 원
그래서 모두 원-하는구나

3부

모름지기

밥

전경들 광장에서 점심을 먹는다

김치와 생선조림 된장국 식판 들고

소풍 온 아이들처럼 나란히 먹는다

때를 맞춰 건너편 시위대도 먹는다

아내가 정성껏 싸준 계란말이 도시락

이어갈 투쟁을 위해 전투적으로 먹는다

양쪽을 취재할 기자들도 먹는다

퉁퉁 불은 짜장면에 젓가락 부러져도

만인의 밥은 평등하다는 기사를 쓰기 위해

봉식이옛날왕만두

어머니 젖가슴 같은 솥뚜껑 몸을 풀면
뽀얀 얼굴 쌍둥이들 줄지어 기다린다
아버지,
할아버지가 안고 오던 왕만두

불량이 판치는 속 터지는 세상에
꽉 찬 만두로 압구정에 도전장 낸
봉식이,
그 뜨거운 한판이 뒷골목에서 익는다

파리 교사

단맛을 포식하며 종횡무진 하기에
홈키파
로보킬
파워킬
에프킬라
누구도 이기지 못한 그대 이름, 파리

한 쌍이 여름 내내 부지런히 사랑하면
새끼를 이억 마리나 낳는다고 하니
그대를 인구절벽연구소 소장으로 임명함

죄와 벌

붕어빵엔 붕어 없고
비엔나엔 비엔나커피 없고
쥐포엔 쥐가 없고
세고비아엔 기타 없다고
검사님,
죄가 되는 건 아니죠, 궁금해서

세월호에 세월 없고
정의구현에 정의 없고
위안부에 위안 없고
아동보호에 보호 없다면
판사님,
벌을 받는 거 맞겠죠, 궁금해서

비정규직

충주댁
경비아저씨
박 기사
밥집 아줌마
탄생에 사랑 깃든 이름 석 자 있었지
불린 지 너무 오래돼 잊어버리는 일도 있지

이화자
최용철
박진수
김치순
사고를 당해야만 알 수 있는 이름이라
불리지 않기를 바라며 살았을지도 모르지

희망을 묻다

광화문 지하도가 주거지인 노숙자 씨
짧은 머리 멍한 눈으로 유기된 요양원 님
학교에 가기 무서워 옥상 가는 왕따 군

성매매 올가미 쓴 불법체류자 안젤리카
사랑의 매에 매여 살다 쉼터로 온 김사랑 양
알면서 묻기는 왜 물어 묻어버린 희망을

독고독락 獨苦獨落

영등포 쪽방촌에 홀로 사는 노인들
막장 드라마 속 부대끼는 삶마저도
부럽다,
인생事 고독死라
돈없苦 아프苦
외롭苦

크레이프 군상

불혹에도 유혹은 늘 주변을 맴돌고
가장이란 자리는 언제나 가장자리
로또로 위안을 삼는 미스터 김 크레이프

싱글이 모인다고 더블 되는 건 아니지만
더블에서 하나 빠지면 그 순간 싱글 된다
대디는 없어도 괜찮아 싱글싱글 크레이프

면접 보러 가는 길에 눈에 띄는 간판들
와플대학 족발대학 너희마저 대졸이네
기분이 꿀꿀할 때면 찾는 꿀팁 크레이프

짭조름한 눈물도 달짝지근한 키스도
얇은 하루에 돌돌 말아 한 입 베어 물면
인생 맛 거기서 거긴데 뭐 하려고 발버둥?

쌍둥이칼

방문 출장
칼 갑니다
하늘 복 받으세요
오늘도 좌판에 앉아 칼 가는 할아버지
숫돌 위 빛나는 칼날이 성찬을 부른다

날이 선 갑을 관계 무뎌지지 못해서
세 치 혀 칼에 죽은 103동 경비아저씨
벼르고 벼리던 시간들이 날로 서지 못한 날

신장개업

평생 벼룩만큼도 튀어 오르지 못하고
맛보기 인생만 실컷 맛보았는데
실적에 목숨 걸다가 실직당한 황 부장

실적에 목숨 걸다가 실직되고 보니까
맛보기 인생은 실컷 맛보았으니까
한 번쯤 벼룩만큼이라도 튀어 올라 보려고

초파리 날면

신경에 거슬린 게 처음부턴 아니었어요
한번 잡으려고 하면 어느새 사라지고
사람을 열받게 하는 데 도가 텄더라고요

미물인 주제에 거물인 척 덤비질 않나
치고 빠지는 솜씨가 거의 달인 수준이라
여의도 의사당에 가서도 잘 버틸 거 같네요

단맛 나는 곳이면 어디든 찾아가니
꿀만 찾아다니는 인간들과 협업하면
초일류 스타트업 만드는 데 초 치는 일 없겠죠

고통 전시회

\#1막 426장

Are You Fine? Yes, I Am Fine!

76미터 굴뚝 위에서 벌어지는 부조리극

최장기 고공 상연 중이다

지상을 기다리며

\#주객전도

컨베이어 벨트는 씩씩한 정규직이지

뜨겁게 일해도 우리는 비정규직

충혈된 눈동자에 비친 벨트

무심히 돌아간다

\#혈의누

"집에서 놀지 말고 제발 뭐라도 해라"

어미 맘을 태웠다 어미 몸을 난도질했다

"옷부터 갈아입고 도망가

꼭꼭 숨어라 아들아"

좋은 기술 파인텍

乙지지 위원회

극한직업 연구소

산업안전 협의회

인간을 걱정하는 모임

기획 협찬입니다

투쟁이다

대학 가서 뭐 하냐며 책 대신 선택한 기술

허울 좋은 열정페이에 바닥난 통장 잔고

고치고 다시 고쳐도 절망에 찬 이력서

인문학 강좌 찾아가는 백발의 발걸음

편의점에서 혼자 마시는 참이슬에 미니족발

사표를 내던지고 나서 창업센터를 찾는 용기

재래시장 물건값은 절대 깎지 않겠다

갑질하는 기업 제품 결코 사지 않겠다

사소한 투정이 아니다
발버둥이다
고집이다

손가락론

감탄하고
축복하고
환호하고
약속하고
지적하고
경고하고
경멸하고
조롱하고

이마저
하고 싶지 않은 세상
입술에 대고 침묵한다

기침

본인 부담금 천팔백 원짜리 기침에는
거부감 없이도 거부할 수 있는 힘이 있다
한 번만 '콜록' 해봐라 주위가 확 넓어지지

우산의 성향

빗방울과 입 맞추며 젖기 위해 사는 너
타성에 젖은 채 둥글게 살아가지만
한순간,
바람에 저항하는
반골의 섬이여

4부

아무튼

당신

창밖에 한 무더기 벚꽃 흐드러지고
벚꽃 흐드러지고 눈물꽃 흐드러지고
목숨이 깎여가는 동안 태엽은 멎고

사랑은 필요할 때 살 수도 있다지만
이별은 너무 비싸 살 수가 없네
마취로 마취되지 않는 기억으로 남네

마음은 먹는 줄만 알고서 살았는데
놓을 수 있다는 걸 새삼 깨달았을 때
그동안 내가 앓아온 것은
당신이었습니다

이 남자와 사는 법

아침 스프처럼 우리 사랑 끓어오를 때
파란 셔츠 보랏빛 타이 향수 살짝 뿌릴 때
이래도
나 되는 걸까
이 순간이
황홀해

투정도 상처도 사랑해서 준다는 말에
"미안해, 고마워" 슬그머니 낀 손깍지
오늘도
어제처럼 우린
특별하지
않지만

주름 세운 바지에 또 하루가 접혀도
뒷모습 보면 다가가 살며시 안고 싶어
당신이

남자로 보여

어제처럼

그 밤처럼

엄마의 코티분

살림이 키워내는 냄새들에 지쳐서
파스 내 진동하면 내 가슴도 화끈거려
향기도 늙는가 보다 아랑곳하지 않더니

졸혼卒婚증명서

한 남자와 한 여자가 체결한 임대차 계약
작성일은 있지만 만기일은 비어 있고
하나에 하나를 더해도 하나라 못 박는다

섹스해서 결혼한 건지 결혼해서 섹스하는 건지
마음의 기억보다 몸의 기억 길어질 때
비전향 장기수로 살겠다는 서약이 전향한다

시크릿 가든

골라골라 유혹에 산 꽃무늬 팬티 몇 장
매일 밤 바꿔 입어도 남편은 등 돌리고
그녀는
고민고민한다
쌍방울로 갈아탈까

또박또박 찾아들던 붉은 방에 불 꺼지자
여자의 이력이 고스란히 새겨진
팬티에
요실금이 연출한
노란 꽃사태

그대 이름은

가시밭 걷다 보니 가시밭도 길이 되고
향기는 사치이기에 몽땅 주어버리고
묵묵히 장미꽃 키우며 울타리가 된 어머니

감사해요 사랑해요 말 한마디 못 들어도
서운하다 속상하다 말 한마디 못 한 당신
비로소 장미라 부르고 싶다
가슴에서 피는 꽃

사랑

학원 가는 누나 보며 혀를 차던 할머니
온종일 방에서 나오지 않으시더니
아뿔싸!
찢어진 청바지 기워놓으셨네, 정성스레

편두통

날카로운 발톱으로 왼쪽을 찔러댄다
우리 안을 어슬렁거리며 지루함을 잊으려는 듯
그곳을 꾹꾹 누르는 순간 좌표에서 사라진다

오른쪽 북쪽 지방을 차지한 그놈은
웅크리고 잠들었는지 묵직한 느낌이다
이놈은 깨우면 안 돼!
머릿속 내 표범

소나기

꽃잎이 젖는다
풀잎이 젖는다
바람이 젖는다
더위가 젖는다

여름도 젖고 싶은 순간
수지침을 놓는다

그랜드 캐니언

왈츠처럼 가볍게
탱고처럼 격렬하게

켜켜이 쌓은 숨소리도
번지는 너의 체취였다

그 협곡
내 입술 훔치던
순간의 꽃이었다

몸살

피곤을 껴입어 무거워진 몸뚱어리
몸이 몸에 대해 골똘히 생각해 보니
몸에도 모퉁이가 있어
쉬엄쉬엄 가라네

누룽지 살살 달랜 둥그런 숭늉 맛
살얼음 낀 동치미를 한 사발 들이켜면
몸살이 몸을 사린다
몸이 슬슬 살아난다

메뚜기도 한철이라지만

침 고이는 청포도가
짙푸른 매미 소리가
속 빨간 수박이
한물가는 요즘인데

여전히 내 마음에는
당신이 한창이네요

대질심문

이름은 배신자
직업 라이프플래너
특기는 뒤통수치기
취미는 작업 걸기
모토는
지피지기 백전백승
당당하게 답한다

이름은 이호구
퇴직 5년 차
특기는 사람 잘 믿기
취미는 밥 사주기
좌우명
검은 머리 안 키우기
헛헛하게 웃는다

애정 행각

모른다고 존재하지 않는 것이 아니듯

봐주는 이 없어도 꽃이 피고 지듯이

말하지 않는다고 해서 생각이 없지 않듯이

누군가 알아주지 않는다고 해도

누군가 보아주지 않는다고 해도

묵묵히 나의 길을 간다, 이목구비 씻으며

삶에 대한 원형적 시선과 서정적 페이소스

유성호 문학평론가·한양대학교 국문과 교수

1. 자각적이고 의식적인 항심恒心

이소영의 첫 시조집 『두근두근 우체국』은, 우리 시조단을 통틀어 보아도, 누구와도 닮지 않은 유니크한 세계를 담은 이채로운 미학적 결실로 다가온다. 먼저 우리는 이소영만의 독자적 개성을 두고 '웃음을 품은 페이소스'라고 규정하면 어떨까 생각해 본다. 그게 맞을 것 같다. 요즘 '웃프다'라는 말이 곧잘 쓰이곤 하지만, 그야말로 '웃픈 언어'로 이소영의 시각과 필치는 일관되게 발원하고 수렴한다. 물론 그가 보여주는 원심과 구심을 '웃픔'이라는 단일한 그물망으로 포획할 수는 없겠지만, 이소영의 음역音域이 이러한 세계를 충실하게 관통하고 확장해

가는 것만은 확실하다. 대개의 첫 창작집이 주로 성장서사의 절절한 기억에 바쳐지는 데 반해, 이소영의 설계와 전개는 단연 자각적이고 의식적인 항심에 바쳐지고 있다 할 것이다.

이소영의 시조는 삶에 대한 세세한 관찰과 그것을 비밀스러운 원리로 가다듬어 내는 형상화 능력으로 충일하게 퍼져간다. 신성하고 아름다운 것들의 부재와 현전 양상을 동시에 뿌려놓는 그의 작품들은 희망을 품은 소멸 가능성이나 소멸 가능성을 안은 희망 모두를 노래한다. 결핍과 부재를 견디는 힘에서 발원하여, 한때 존재했던 것들의 사라짐과 그 사라짐 이후 그리움의 시간을 미학적 형상으로 그려가는 것이다. 결국 시인은 현실과 상상, 비애와 희망, 사랑과 이별, 언어와 비언어, 일상과 역사 같은 대립 범주가 순간적으로 통합하는 온전한 세계를 구축하면서, 이 모든 과정을 통해 새로운 미학적 파문을 창안하고 이어가는 지속성을 보여준다. 이제 그 세계 안으로 한 걸음씩 들어가 보도록 하자.

2. 독자적인 언어적 문양文樣을 통한 발견과 개진의 순간

몇 편을 읽어보면 금세 알 수 있는 일이지만, 이소영의 시조는 둔중하거나 의뭉하지 않다. 경쾌하고 분명하며, 가장 부드

러운 탄력으로 눈물과 웃음을 감싸 안은 채 차츰 번져가는 속
성을 견지하고 있다. 먼저 그는 동음이의어를 이용한 언어유희
pun를 통해 한국어의 의미론적 심급을 확장적으로 시조 전면
에 배치한다. 그 순간적 낙차를 통해 우리로 하여금 "스마트한
웃음"(「한 끗 차이」)을 짓게끔 하고, 나아가 일견 씁쓸하고 일견
아름다운 인생의 여러 단면들을 깊이 사유하게끔 해준다. 그
러한 원리가 수미일관하게 관철되고 있는 몇몇 사례들을 만나
보자.

> 감칠맛 부족하다니 갖은양념 넣고
> 때깔이 안 좋다니 광택제 뿌리고
> 현실감 떨어진다니 땅 위에 발붙이고
>
> 너무 가볍다니 모래주머니도 차보고
> 한쪽으로 치우쳤다니 균형추를 매달고
> 오타와 숨바꼭질하다 술래 놓치기 일쑤
>
> 붙였다 떼었다 결국엔 돼지 꼬리 땡
> 수십 번 목차에서 넣고 빼고 생고생했네
> 시집아
> 나오기만 해봐라

그때부턴 네가 시집살이다
 － 「시집詩集살이」 전문

힘들어 그 말에 위로를 얻었더라면
희망도 부패한다는 깨달음을 얻었더라면
사랑도 이사 갈 수 있다는 걸
조금 빨리 알았더라면

그 사람 이야기를 활자보다 더 믿었더라면
몸이 전하는 소리에 귀 기울였더라면
모든 걸 말하지 않고
비밀 하나 간직했더라면

마트에는 없는 긴 이름의 그랬더라면
누구나 한 번쯤은 먹어본 그랬더라면
늘어진 생활을 쫄깃하게 세워주던 그 라면
 － 「그랬더라면」 전문

  앞의 작품에서 언어유희를 수반하는 것은 '시媤집'과 '시집
詩集'이라는 쌍이다. 특별히 '詩集'을 내는 과정을 '시집살이'로
돌려 말함으로써 시인은 둘 사이의 공통점을 고단한 '생고생'

에 두고 있다. 시집을 구성하는 과정은 감칠맛 돋우려고 양념 넣고 때깔 나게 하려고 광택제 뿌리고 현실감 높이려 땅 위에 발붙이는 일이다. 한쪽으로 치우치거나 가벼워도 안 되고 오타를 놓쳐도 자격을 잃는다. 그렇게 붙였다 떼었다 목차에서 넣고 빼고 하는 '생고생'의 과정이야말로 '시집'한테 나오기만 하면 그때부터 "네가 시집살이"라고 말할 근거가 되어준다. 시집살이하는 며느리의 마음이 바로 그러한 '생고생'과 연동되는 것임은 말할 것도 없으리라.

그런가 하면 뒤의 작품에서 시인은 '그랬더라면'이라는 가정법과 '라면'이라는 일용할 먹거리를 연결하여 역시 언어유희에서 파생되는 효과를 겨냥하고 있다. 그 목록은 '얹었더라면/얻었더라면/알았더라면'이라는 살아가면서 생겨나는 위로와 희망과 사랑에 대한 아쉬움의 말과 '믿었더라면/귀 기울였더라면/간직했더라면'이라는 이야기와 소리와 비밀에 관련된 깨달음을 담고 있다. 그러니 마트에도 없지만 누구나 한 번쯤은 먹어보았을 "그랬더라면"은 "늘어진 생활을 쫄깃하게 세워주던" 라면이었던 셈이다. 결국 이 작품에서는 '그랬더라면'이라는 옛 회한과 새 다짐의 교차 과정이 인생의 벌판과 협곡을 동시에 들려주고 있다. 이러한 동음이의어를 유추적으로 결합한 언어유희의 사례는 시조집 곳곳에 "학문을 닦는 마음"(「룰루비데」), "열받을 때마다 그 열불로 밥을 짓고/ 내 속 끓일 때면 북엇국을 끓여"(「호호식당 아줌마가 기가 막혀」), "뾰족한 마음이 없으면 원/ 그래서 모두 원"(「원, 圓, 願, Want」) 등으로 여러 차례 출현한다.

이처럼 이소영의 시조는 언어 변형 감수성에 든든한 기초를 두고 있다. 시인은 질서의 원형으로서 언어를 찾아내고 그것을 문맥에 맞게 변형하여 거기에 가장 근원적인 가치를 부여해 간다. 그렇게 구축된 언어적 밀도를 비교적 간결하고 단정하게 그려내면서 우리에게 환한 미소와 깨달음을 선사해 준다. 그렇게 시인은 자신이 살아온 시간을 되새기면서 그 고유한 의미를 찾아내고 독자적인 언어적 문양을 통해 자신만의 시조 미학을 구현해 간다. 그만큼 그의 시조는 개성적 언어예술로 든든히 서면서, 발견과 개진의 순간을 곳곳에 부려놓으면서, 언어적 확장을 통한 그만의 미학을 새롭게 각인하고 있다 할 것이다.

3. '당신'이 새겨놓은 꽃잎 같은 시간들

이소영의 언어는 이처럼 일차적으로는 이지적 착상과 굴절과 착근을 통해 이루어지고 있지만, 서정시 본래의 정서 감염 직능 또한 견고하게 가지고 있다. 그만큼 그의 목소리는 우리로 하여금 어떤 가치 있는 세계를 유추하게끔 하는 웅숭깊은 떨림과 울림으로 다가온다. 시인은 시공간의 심층을 활달하게 가로지르면서 넓은 상상의 폭을 보여주고 있는데, 우리는 시인의 품이 깊고 넓은 세계로 나아가는 과정을 한없는 외경으로 바라보게 된다. 결국 그의 시조는 일상의 눈으로 포착하기 어려운 가장 근원적인 욕망을 추구하는 과정을 보여줌으로써, 우리가 근원에서부터 망각하고 살아가는 세계의 속성을 들여다보게끔 하는 힘을 지니고 있다. 작품들마다 그 나름의 충분한 완결성과 형상성을 담아내면서 심미적 기억을 불러내는 감각들을 잔잔하게 전해준다. 그렇게 낮은 목소리로 전해지는 미적 전율이 미덥고도 아름답게 다가온다. 그 가운데 가장 떨림과 울림의 감동을 폭넓게 전해주는 주제는 단연 '사랑'의 시학에 놓인다.

학원 가는 누나 보며 혀를 차던 할머니
온종일 방에서 나오지 않으시더니
아뿔싸!
찢어진 청바지 기워놓으셨네, 정성스레
　－「사랑」전문

담을 어루만지며
사랑담談을 쌓는다

92

연애가 무르익으면 한층 붉어진 얼굴들이

오른다,
끌어안는 것만이 사랑이라고
담담하게
 ―「담쟁이덩굴」전문

 '사랑'은 여러 차원에서 시인의 삶에 글썽이며 다가온다. 가령 학원 가는 손녀가 찢어진 청바지를 입고 다니는 것에 혀를 차던 할머니께서 보여주신 '사랑'은 그야말로 잔잔한 웃음을 충만하게 흘려준다. 할머니는 온종일 방에서 나오지 않으신 채 "찢어진 청바지"를 '정성스레' 기워놓으신 것이다. 또한 "담을 어루만지며/ 사랑담談을 쌓는" 담쟁이덩굴에 대해 시인은 "연애가 무르익으면 한층 붉어진 얼굴들"이 담을 오르면서 "끌어안는 것만이 사랑이라고/ 담담하게" 말하는 듯한 느낌을 받는다. 사랑과 연애와 포옹이 짧은 단시조 안에서 유기적으로 잘 연결되고 있다. 그리고 '담/담談/담담/담쟁이'처럼 '담'에서 가지를 치는 이미지군群이 역시 작품의 바탕을 이루고 있다. 이러한 사랑의 마음은 "자신엔 인색했지만 남들에게는 넉넉했던"(「삼삼한 K-할머니가 보고 싶다」) 할머니들의 삶과 "손끝에

93

그날 그 순간이 피어날 거예요 활짝"(「3030년 3월, 아직도 봄을 기억하는 당신에게」)이라고 서로 격려하고 응원했던 수많은 담쟁이들을 환하게 바라보게끔 해주고 있다. 다음은 어떠한가.

    창밖에 한 무더기 벚꽃 흐드러지고
    벚꽃 흐드러지고 눈물꽃 흐드러지고
    목숨이 깎여가는 동안 태엽은 멎고

    사랑은 필요할 때 살 수도 있다지만
    이별은 너무 비싸 살 수가 없네
    마취로 마취되지 않는 기억으로 남네

    마음은 먹는 줄만 알고서 살았는데
    놓을 수 있다는 걸 새삼 깨달았을 때
    그동안 내가 앓아온 것은
    당신이었습니다
     −「당신」 전문

 '당신'은 오랜 시간 시인이 "앓아온" 존재이다. 시인의 마음처럼 벚꽃도 눈물꽃도 흐드러졌고, 목숨이 깎여가는 동안 태엽 또한 멎어버렸다. 사랑보다 훨씬 비싼 이별은 이제 "마취로 마쳐되지 않는 기억"이 되어 남았을 뿐이다. 시인은 '당신'과의 이별을 사이에 두고 이제 마음은 먹는 것만이 아니라 놓을 수 있다는 걸 새삼 깨닫는다. 그렇게 또 앓아갈 '당신'은 시인의 삶에, "모른다고 존재하지 않는 것이 아니듯"(「애정 행각」) 항구적으로 각인되어 있는 빛이자 빚일 것이다. 언젠가 "그 협곡/ 내 입술 훔치던/ 순간의 꽃"(「그랜드 캐니언」)으로 존재했던 그 이인칭은 "심장은 늘 당신만을 향해 뛸 것을 약속"(「신체포기각서」)하게끔 해줄 것이다.

　이렇듯 이소영 시조는 담쟁이덩굴처럼 대상을 향한 각별한 사랑의 마음으로, 할머니의 사랑처럼 밀려오는 애잔함으로, 이별을 나눈 '당신'과의 화폭 같은 그리움으로 남았다. 물론 더 많은 이미지와 사건들이 있을 것이다. 어쨌든 그는 시조집 전체를 관철하는 힘이자 존재방식으로서 '사랑'을 발견하고 그것을 미학적으로 완성해 간다. 그만큼 시인은 지나온 시간에 대한 기억의 현상학에 의해 '사랑의 시학'을 구현하면서, 그것을 유일한 존재증명의 순간으로 환치하는 기억술을 보여준다. 이는 현실에서 벗어나 '시적 시간'으로 나아가려는 의지가 반영된 결과이기도 할 것인데, 우리는 그가 여전히 외따로 떨어진 대상과 연관성의 파동을 경험하면서 삶의 깊은 사랑법을 노래하고 있다는 점에 상도想到하게 된다. 그 안에 '당신'이 새겨놓은 꽃잎 같은 시간들이 출렁이고 있을 것이다.

4. 삶을 가능케 해준 기원起源의 상상과 복원

이소영 시인은 내면에서 한순간 솟아오르는 오랜 마음의 리듬을 발견하고, 그 짧은 순간에서 만만찮은 시간의 축적 과정과 존재 전이의 양상들을 간취해 낸다. 매혹적 상상과 감각이 그 특유의 사유를 구상화하는 순간을 허락하고 있다. 우리는 그 상상과 감각이 바로 그의 시조를 가능케 해준 원질原質이었을 것이라고 생각해 본다. 오랫동안 흘러온 시간을 품으면서 시인은 보편적 삶의 이치를 발견하여 그것을 강렬한 한순간의 기억으로 환치한다. 또 다른 존재방식을 흔연하게 받아들인 넉넉한 품이 그 안에서 펼쳐져 있게끔 배려하고 배열한다. 이제 이소영은 점착성 강한 언어로 시간의 깊이를 굴착해 가면서, 우리로 하여금 아름다운 시간을 스스로의 마음에 남기게끔 해준다. 이러한 과정을 가능하게 한 것이 바로 이소영만의 기억이었을 터인데, 이때 기억이란 과거를 충만한 현재형으로 만들어내는 유형무형의 행위 일체를 말한다. 이는 시간의 불가역성不可逆性을 거스르는 역동적 과정으로서 그의 시조 안에서 특권화된 시간 재현 과정을 동반하고 있다. 더불어 우리는 그의 더없이 소중한 존재론적 기원을 그 안에서 만나게 된다.

　　가시밭 걷다 보니 가시밭도 길이 되고

향기는 사치이기에 몽땅 주어버리고
묵묵히 장미꽃 키우며 울타리가 된 어머니

감사해요 사랑해요 말 한마디 못 들어도
서운하다 속상하다 말 한마디 못 한 당신
비로소 장미라 부르고 싶다
가슴에서 피는 꽃
 ―「그대 이름은」전문

물을 버린 갯벌은 어제도 쓸쓸했을까
굴 따는 아낙네 무채색 옆모습이
젊은 날 붓을 내려놓은 아버지만 같았다

아버지의 천직이 가장만은 아니었기에
바위섬 따개비처럼 세월 첩첩 기어이
간월암 넘실 가둔 바다 노을 속에 잠긴다
 ―「간월도 ― 수채화, 120×90cm, 2011」전문

'그대 이름은' 바로 '어머니'다. 어머니는 평생 가시밭을 걸
으시어 그곳을 길로 만드셨고, 향기는 마다한 채 묵묵하게 장
미꽃을 키우며 스스로 울타리가 되셨다. 누구에게도 감사와 사

랑의 메시지를 듣지 못하셨지만 속상하다 한마디 하지 않으신 어머니를 이제라도 '장미'라고 부르고 싶어 하는 것은 딸의 마음일 것이다. 그렇게 비로소 "가슴에서 피는 꽃"이야말로 '그대 이름'에 값하는 어머니의 모습이었을 것이다.

그런가 하면 '아버지'를 떠올리는 작품에서 시인은 '간월도'를 담은 수채화의 형식을 빌려 온다. "물을 버린 갯벌"의 쓸쓸한 여운과 "굴 따는 아낙네 무채색 옆모습"이 젊은 시절에 붓을 놓은 아버지를 환기해 주고 있다. 왜 아버지는 화폭에서 손을 떼셨을까. 아버지는 가장만이 천직이 아니었고 "바위섬 따개비"처럼 첩첩 쌓아온 세월은 어느새 간월암 바다를 물들이는 노을 속으로 잠겨갈 뿐이다. "가장이란 자리는 언제나 가장자리"(「크레이프 군상」)라고 했던가. 아버지는 저 붉은 노을처럼 "당신을 취하고 싶은 봄날"(「춘곤증」)을 허락하고 계신다. 그렇게 시인의 어머니와 아버지는 함께 지내온 시간을 공유하면서 "그날의 공통분모는 그리움 한 접시"(「모둠물회」)임을 알려주시고 있다.

마음으로 천 리 본다는 아득한 그 말 두고

너 서 있던 연병장 떠나도 떠나지 못해

바다는

천치같이 자네

어미 가슴 너울 이는데

등 너머 걸음걸음 네 눈물 너무 환해

흔들리던 내 발길은 땅멀미였나 꽃멀미였나

맴 맴 맴

매미 울음이

맘, 맘, 맘으로

메어온

날

　―「이등병 내 사랑」 전문

　이번에는 군에 입대한 '아들'로 시선이 향한다. '내 사랑'으로 호명되는 아들은 "어미 가슴 너울 이는" 순간을 이 작품에 부여한다. 시인은 "마음으로 천 리 본다는 아득한 그 말"을 접어둔 채 "너 서 있던 연병장"에서 마음을 떠나보내지 못한다. 등 너머 걷는 "네 눈물"과 흔들리던 "내 발길"을 '땅멀미' 혹은

'꽃멀미'로 간직한 채 시인은 "맴 맴 맴/ 매미 울음이/ 맘, 맘, 맘으로/ 메어온/ 날"을 다시 환하게 회상하고 있다. 온통 그날들을 환기하는 '마음/말/너머/눈물/멀미/맴/매미/맘/맴' 등의 음소音素들이 쟁쟁하게 귀를 울린다. 이렇게 이등병을 통해 시인은 "몸에도 모퉁이"(「몸살」)가 있음을 알게 되면서 '이등병 내 사랑'이라는 너울 이는 어미의 마음을 느끼게 된다. 애틋하고 아름다운 후대後代의 기원이다.

산나물 다듬는 할머니 까만 손톱을
박스를 싣고 가는 할아버지 굽은 등을
병상에 길게 뿌리내린 남자의 퀭한 눈빛을
택배 아저씨 잔등에 땀으로 그린 지도를
노숙자에게 국을 떠주는 자원봉사자 손길을
출근길 신호등이 된 모범 기사 수신호를
퀴어 축제에 나부끼는 무지개 깃발을
한껏 올라간 교복 치마와 마스카라를

읽는다,
자기 인생의 저자가 된 사람들
　－「사람책」 전문

이렇게 부모님이나 아들은 모두 '시인 이소영'의 존재론적 기원이 되었다. 그리고 이제 그 의미망은 타자들로 확장되어 '사람책册'이라는 이미지를 불러온다. 그 '사람책'에서 시인이 읽는 것은 "자기 인생의 저자가 된 사람들"의 다양하고도 개성적인 모습들이다. 그분들은 자신에게 주어진 삶의 가장 구체적인 국면을 살아가시는 할머니, 할아버지, 남자, 택배 아저씨, 자원봉사자, 모범 기사 등이다. 그분들의 '까만 손톱/굽은 등/퀭한 눈빛/땀/손길/수신호'야말로 "축제에 나부끼는 무지개 깃발"과 "한껏 올라간 교복 치마와 마스카라"와 함께 삶의 헤아릴 길 없는 편폭과 심연을 암시해 준다. 어떤 장면은 "막장 드라마 속 부대끼는 삶"(「독고독락獨苦獨落」)일 수도 있고 어떤 순간은 "한순간,/ 바람에 저항하는/ 반골의 섬"(「우산의 성향」)이기도 하겠거니와, 시인은 균형 있는 시선으로 사람살이의 구체성과 다양성을 이렇듯 선명하게 기록해 간다. 그 점에서 그의 시조는 뜨거운 사람들의 삶을 기록해 가는 인물지誌이기도 하다.

우리가 알거니와 서정시는 지난 시간에 대한 사후적事後的 경험 형식으로 쓰이는 언어예술이다. 그것이 미래를 예감하거나 시간을 초월하는 것일지라도 그것 역시 시간에 대한 시인 자신의 판단일 수밖에 없을 것이다. 그만큼 서정시는 시간 경험과 기억의 재구성이라는 특성을 지니는데, 이소영 시인은 서정시의 이러한 속성을 누구보다도 일관되게 형상화하면서 시인 스스로의 기원이 되는 순간들을 불러온다. 결국 시인은 어머니와 아버지와 아들 같은 가족들과 숱한 동시대의 타자들을 향한 아름다운 기억으로, 자신의 삶을 가능케 해준 기원의 상상과 복원 과정을 한없이 펼쳐가고 있는 것이다.

5. 보편적 삶의 원리와 동시대 타자들에 대한 탐구

우리는 좋은 서정시를 통해 그동안 대척점에 서왔던 표지標識들이 흩어지고 새롭게 구축되어 가는 과정을 경험하게 된다. 한동안 대립적 위상을 점하고 있던 것들은 하나가 되기도 하고, 선형적 구도가 소멸하면서 다양한 타자들이 한데 어울리는 풍경을 구현하기도 한다. 삶과 죽음, 빛과 어둠, 생성과 소멸 같은 것들은 이제 선명하게 분별되는 대립적 실체가 아니라, 하나의 몸으로 묶인 채 모든 사물의 운동을 규율하는 양면성으로 다가오게 된다. 이러한 전회轉回를 통해 우리는 딱딱하게 고형화해 있던 사유와 감각을 새롭게 갱신해 갈 수 있을 것이다. 이소영 시인은 단단하게 동일성을 지켜내려는 구심력을 뛰어넘어 삶의 실감이라는 원심력을 향해 나아감으로써 안과 밖, 느낌과 실천, 꿈과 삶의 구분을 새롭게 허물고 다시 한 몸으로 통합해 가고 있다. 그 힘으로 그는 보편적 삶의 원리와 동시대 타자들에 대한 탐구를 이어가고 있는 것이다.

이해가 오해를 꼬옥 껴안는다

그리움이 기다림을 부둥켜 안는다

가슴이 우표가 되는 두근두근 우체국
 ―「포옹」전문

전경들 광장에서 점심을 먹는다

김치와 생선조림 된장국 식판 들고

소풍 온 아이들처럼 나란히 먹는다

때를 맞춰 건너편 시위대도 먹는다

아내가 정성껏 싸준 계란말이 도시락

이어갈 투쟁을 위해 전투적으로 먹는다

양쪽을 취재할 기자들도 먹는다

퉁퉁 불은 짜장면에 젓가락 부러져도

만인의 밥은 평등하다는 기사를 쓰기 위해
　－「밥」전문

　포옹의 원리를 노래한 앞의 작품에 이번 시조집의 제목이 숨겨져 있다. 서로 반대편에 있을 것 같은 '이해'와 '오해'가 꼬옥 껴안아야 그것이 '포옹'이다. '그리움'이라는 정서가 '기다림'이라는 행위를 부둥켜안아야 '포옹'이 된다. 그렇게 "가슴이 우표가 되는" 은유를 빌려 시인은 "두근두근 우체국"을 그리워하고 기다리고 거기서 살아간다.
　뒤의 작품에서는 '밥'의 평등 원리를 노래한다. 시위대나 전경들이나 모두 점심을 먹는다. 광장에서 "소풍 온 아이들처럼 나란히 먹는" 전경들과 "아내가 정성껏 싸준 계란말이 도시락"을 "전투적으로 먹는" 시위대는 한 시대의 반대편에서 서로를 껴안는 포옹의 원리로 수렴될 만하다. 그런데 거기에 "양쪽을 취재할 기자들"까지 나서 "만인의 밥은 평등하다는 기사를 쓰기 위해" 밥을 먹는다. 이렇듯 '이해'와 '오해'는, '전경들'과 '시위대'와 '기자들'은 "인권이 중요하다며 / 우리 낙권도 소

중"(「낙지 권리장전」)하다는 비유를 생각하게 하는 동시에 서로
가 서로에게 "달달한/ 피곤기가 빚어낸/ 데칼코마니/ ♡"(「오
수午睡」)로 몸을 바꾸어간다.

　충주댁
　경비아저씨
　박 기사
　밥집 아줌마
　탄생에 사랑 깃든 이름 석 자 있었지
　불린 지 너무 오래돼 잊어버리는 일도 있지

　이화자
　최용철
　박진수
　김치순
　사고를 당해야만 알 수 있는 이름이라
　불리지 않기를 바라며 살았을지도 모르지
　　－「비정규직」전문

　광화문 지하도가 주거지인 노숙자 씨
　짧은 머리 멍한 눈으로 유기된 요양원 님

학교에 가기 무서워 옥상 가는 왕따 군

성매매 올가미 쓴 불법체류자 안젤리카
사랑의 매에 매여 살다 쉼터로 온 김사랑 양
알면서 묻기는 왜 물어 묻어버린 희망을
  −「희망을 묻다」 전문

　앞의 작품에서 시인은 비정규직의 세목을 '충주댁/경비아저
씨/박 기사/밥집 아줌마'로 나열하더니 나중에는 '이화자/최
용철/박진수/김치순'처럼 "탄생에 사랑 깃든 이름 석 자"로 호
명한다. 불린 지 오래되어 잊어버리는 일도 있지만, 어떤 사고
를 당해야만 비로소 떠올리는 이름들이지만, 불리지 않기를 바
라며 살았을지도 모를 이름들이지만, 시인은 "뜨겁게 일해도
우리는 비정규직"(「고통 전시회」)일 이들의 이름을 선명하게 기
록한다. 그 점에서 '시인 이소영'은 한 시대의 촘촘한 필경사이
기도 하다.
　또한 뒤의 작품에서는 가정과 학교와 국경과 시대에서 밀려
난 타자들을 불러와 그들을 향해 "알면서 묻기는 왜 물어 묻어
버린 희망을" 하고 묻는다. 여기서 '묻다問'와 '묻다埋'의 동음
이의어가 다시 한번 출현하면서 시인은 이 "위너의, 위너에 의
한, 위너를 위한 나라"(「위너 나라, 루저 씨」)에서 새롭게 희망을

스스로에게 묻고 가슴에다 묻는다.

　이처럼 시인이 노래하는 대상에는 우리 시대의 불우한 초상들이 종종 내재해 있다. 사실 기억이란 대상에 대한 사실적 재현의 결과가 아니라 시인의 현재적 시선에 의해 구성되는 것이라는 점에서 시인은 자신의 기억과 현재형의 장면들을 단단히 결속하는 작법을 취하게 마련인데, 이소영은 지난 시간을 정성스럽게 호명하면서 시대의 창窓인 기록자로서의 의무를 다한다. 그래서 우리가 그의 시조를 읽는 것은 그러한 진정성을 경험하는 일일 뿐만 아니라, 인간의 다양한 존재 형식에 대한 탐구 작업에 흔연히 참여하는 일이기도 할 것이다.

6. 삶의 복합성을 드러내는 시적 증언

　절멸과 폐허의 시대를 넘어 어떤 새로운 역동성의 지경을 열어가는 이소영의 시조는, 다양한 삶의 현장에 대한 섬세한 상상력을 통해 우리에게 진한 감동을 선사한다. 범인凡人들이 간과해 버리는 것, 사물과 사물 사이에 미세하게 펼쳐진 균열을 놓치지 않고 언어적으로 탐사해 간다. 그 과정은 삶의 관조나 포즈에서 생겨나지 않고 참신한 발상과 표현에서 완성되어 간다. 이는 우리의 삶에 배어 있는 이면 현상을 투시하려는 예지와 열정이 시인 내면에 가득하기 때문일 것이다. 그 가운데 가장 확연한 것은, 삶이라는 것이 희망이나 절망에 의해 확연하게 분별되는 것이 아니라, 복합적인 힘들의 균형적 역학에 의해 구성된다는 시선일 것이다. 이를 두고 삶의 복합성을 드러내는 시적 증언이라고 불러도 틀리지 않을 것이다.

이러한 의지와 열망의 순간을 기록해 가는 이소영의 첫 시조집 『두근두근 우체국』은 반성적 사유의 연쇄에서 정점의 빛을 뿌린다. 그의 시조는 그 점에서 삶이 합리적 이성에 의해서만 진화해 가는 것이 아니라 그렇게 구축된 관념을 때로 품고 넘어서면서 새로운 질서를 재구축하는 과정임을 알게 해준다. 시인은 이러한 서정시의 실존적 규정을 충족해 가면서, 허물어져 가는 우리 시대의 고전적 열망을 유감없이 복원해 낸다. 있어야 할 것들의 부재, 분명한 실체로서 존재했던 것들의 사라짐, 이러한 것들에 대한 미학적 반응이 바로 서정시의 몫이라는 점에서 이소영은 삶의 결여 형식에 대한 원초적 반응으로서의 시조를 열정적으로 써가는 시인인 셈이다.

삶에 대한 원형적 시선과 서정적 페이소스를 굳건하게 안착시켰고 다시 확장해 갈 그의 시조를 두고, 이 글을 쓰는 이도 "새마을운동 덕에 부지런한 어린이로/ 통행금지 덕에 조신한 어른으로/ 성장한 60년대생"(「아니 벌써!」)으로서 응원을 보낸다. 오롯한 예술적 성과를 담아낸 이번 첫 시조집 발간을 축하

드리면서, 이 순간을 넘어, 이소영 시인이 펼쳐갈 심원한 시조 미학을 희망과 기대 속에서 바라보는 마음 크다.

환한 봄날에 띄우는 축하 편지

나 시조 공부가 하고 싶어서 홍성란 시인이 운영하는 유심시조아카데미에 다니려고 해. 뭐? 시조? 시도 아니고 시조? 그게 시작이었다.

창작의 욕구는 있지만 '감히 내가 어떻게 시를 써'라는 겸손한 마음을 지닌 당신의 풋풋한 대학 시절부터 나는 언젠가 당신이 글을 쓸 것이라고 믿어 의심치 않았다. 평소에 가끔 볼 기회가 있는 글솜씨를 통해 공대 출신인 나와는 다른 차원의 언어를 사용하는 것에 놀랐고, 글을 쓰는 속도에도 감탄을 금치 못했던 적이 꽤 많았던 까닭에 언젠가는 글을 쓸 것임을 예감하기는 했지만 첫 번째 결실이 나오기까지는 생각보다 오랜 시간을 지나쳐 왔네.

그런데 긴 글을 잘 쓰는 당신이 왜 하필 시조를 쓰지? 직접 물어보지는 않았지만 참으로 궁금했고 그때부터 나의 호기심도 발동되었다. 그러다 어느 날 아들이 고터(고속버스터미널)에 간다는 얘기를 하는 순간 그 의문이 풀렸다.

우리 주변에서는 언제부터인지 모르겠지만 멀쩡한 말과 단어들을 줄여서 쓰는 것이 일상화되어 가고 있었다. 얼죽아(얼어 죽어도 아이스아메리카노), 소확행(소소하고 확실한 행복) 정도까지는 들어봐서 알지만 별다줄(별걸 다 줄인다), 낄끼빠빠(낄 때 끼고 빠질 때 빠진다)에 이르면 무릎을 치면서 웃음과 감탄사가 나온다. 긴 글을 읽기 쉬운 운율로 압축해 그 뜻을 전달하고자 하는 본능, 특히 젊은이들이 가진 그러한 경향은 시뿐만 아니라 특히 시조가 추구하는 방향이 아니던가. 그래서 나는 이러한 현대인의 압축과 운율을 향한 습성을 시조 본능이라고 부르고 싶다. 시조를 쓰기 시작한 10년 전부터 당신은 이미 시조 본능을 느끼고 이를 실천한 것이리라. 인생을 여행하며 들여다보듯이 주변에서 느낀 시상을 메모하고 그 많은 느낌을 짧은 시조 한 수에 감동으로 표현하다니 시조 본능의 전문가인 당신은 영원한 젊은이로 대접받아 마땅하다. 그래서 앞으로 아무리 많은 세월이 흘러가더라도 나는 당신을 할머니라 부르지 않고 시인 이소영이라 부를 것이다(Lee, So Young, forever).

그동안 꽤 많은 곳을 여행하며 살았는데 시인과 함께하다 보니 내 팔자에 뜻하지 않게 문학 기행도 참 많이 다녔다. 그중에서도 특히 기억에 남는 곳 중 하나가 공주의 '풀꽃문학관'이다. 나태주 시인의 「풀꽃」에는 그 짧은 다섯 줄에 아무리 긴 글로도 설명할 수 없는 온갖 감정들이 가득 차 있어서 나에게는 커다란 문화적 충격으로 다가왔다. 또 다른 한 곳은 평온하면서도 강렬한 느낌을 받은 곳으로 미국 여행을 하면서 방문했던 버몬트주의 시골에 있는 '프로스트 생가'다. 찾아오는 사람도 많지 않은 곳을 힘들게 찾아갔는데 거기서 그의 시 「가지 않은 길」의 배경이 된 오솔길을 걸으면서 느꼈던 회한의 감정은 문학의 힘이 얼마나 대단한지를 경험하게 해준 커다란 사건이었다. 이렇게 시인 덕분에 문학의 위대함에 조금씩 눈을 떠갈 때 어머니가 돌아가셨고, 어머님을 모신 납골당 추모 위패에 당신이 써준 글을 보고 나도 감동이었지만 특히 아버님이 너무나도 좋아하셨지.

시간에 시간을 더하고

사랑에 사랑을 더해

한 남자의 아내로서

세 남매의 어머니로서

열정적이고 멋진 삶을 살다 간

우리 어머님 여기 잠들다

그렇게 짧은 글의 위력이 결코 긴 글보다 못하지 않다는 것을, 아니 경우에 따라서는 긴 글보다 훨씬 더 큰 감동과 느낌을 전달해 줄 수 있다는 것을 직접적으로 체험했기에 그 후로는 시인에 대한 존경심이 더욱 커지게 되었고 나의 아내가 시와 시조의 세계로 들어가는 것을 더욱 큰 박수로 응원하게 되었다.

한 가지 아쉬운 점이 있다면 내가 예전에 그랬던 것처럼 젊은 사람들이 시나 시조를 별로 읽지 않는다는 것이다. 마음 깊은 곳에는 시조 본능이 내재되어 있음에도 불구하고 유튜브와 같은 직접적이고 자극적인 미디어들로 인하여 유용한 책도 멀어지는 마당에 시나 특히 시조까지 읽을 여유는 없겠지라고 이해는 되지만 한편으로는 짧은 운율이 주는 감동을 경험하지 못한 사람들에 대한 안타까운 마음이 드는 것 또한 사실이다.

오랜 시간의 산고 끝에 탄생한 『두근두근 우체국』. 그 속에 갖가지 마음을 정제하여 뿌리내리는 과정을 옆에서 지켜봤기에 그 정성과 열정에 다시 한번 존경의 마음을 표하며 내게 문

학의 세계를 맛볼 수 있게 끌어주고 짧은 운율을 통한 공감대
를 만들어 가슴으로 전해준 편지를 다른 사람들에게도 보낼 수
있게 되니 나 또한 두근거리는 가슴으로 우체국으로 간다.

2023년 봄의 절정에서
40년 지기이자 당신의 영원한 독자 박성태

두근두근 우체국

—

초판 1쇄 2023년 5월 10일
지은이 이소영
펴낸이 김영재
펴낸곳 책만드는집

—

주소 서울 마포구 양화로3길 99, 4층 (04022)
전화 3142-1585·6
팩스 336-8908
전자우편 chaekjip@naver.com
출판등록 1994년 1월 13일 제10-927호
ⓒ 이소영, 2023

—

—

ISBN 978-89-7944-835-1 (04810)
ISBN 978-89-7944-354-7 (세트)